樫の火

荻 悦子

思潮社

樫の火

萩悦子

思潮社

樫の火

荻悦子

目次

装幀＝思潮社装幀室

樫の火

球形の蕾

雪渓の底
張りつめた翠の氷
そのようにと願い
ひと言も発することができない

雨は
忘れずに嵐を連れてきて
閾を砕いた

来なかった
来なかったと
あのひとは語気を強める

あなたは傍らにいて
あのひとが待ったものを
ひそかに拒んでいた

夜のうちに
大きく膨らんだ
球形の蕾
明け方の烈しい空の色が
苞を裂くのを
遠い目をしてそれぞれに見ている

徴《しるし》

夕ぐれ
空に仄白い光が瞬いた
金木犀の香りが漂ってくる

彼方にもうない源

徴を目にしたとき
ことは
既に終わっていた

橙色の細かな花がこぼれる

無くなった
失くしたすべて
落ちた花が樹の下に円く広がり
空に残滓が光って走り抜ける

ことは私たちの外にあり
そのように
初めから私たちは組み込まれ
昼と夜とを果てまで水が尽きるまで

回転しながら
螺旋状に巡りながら
突き進む渦巻きの一点で樹が生い私たち

どことも知れない縁《へり》へ逸れていく

この星に錘を垂らし私たち
夕ぐれの空に遠い仄白い徴を追う
樹から花がこぼれ濃く匂う

往還

気づかないふりをするのに
疲れた
いや
飽きてしまった

不意打ちに会い
（そうだったのか）
隠されていたことを
（とうに気づいてはいたが）

いまはっきりと受け止める

アスファルトの広い道
交差点の中央が急に盛り上がってくる
立った姿勢のまま
後方へ
私は踵からずりおちる

あれらは
散らばる
さらに増える

雲が動いた
辺りがぽっと明るんだ

影のように
染みのように
あれらは
先まわりをし
行く手の路上で熱を発している

影絵

暮れかかるころ
真新しい教会の前を通った
教会の破風にはダビデの星が光っていたが
私はその先に用があるのだった

前方を男が歩いていた
男の右足の先に何か影があった
夕闇と見分けがつきにくい
影はすぐに左側にまわるようだった

色の濃い犬にちがいない

できるだけゆっくり歩いた
男の歩調はもっとゆっくりだった
男に追いついてしまった
男は道の端に停まっているトラックに近づいた
ドアを開けてエンジンキーを抜き取った
そばに犬の姿はなかった

私は目を逸らせて通り過ぎた
昨日なぜか戻ってきた郵便物の
封筒を替えたものを同じ宛先にまた投函し
薄暗い道を折り返した

男がトラックを離れ

やはりゆっくりと同じ道を引き返している
男のジャンパーが膨らんでいた
俯いて男を追い越した

教会のクリスマス飾りの明かりを抜けた
胸の辺りに重みを感じた
私は両腕を上げてそれを支えた
腕の中で重みは小さな犬になった

子犬は足をつっぱり
声をあげた
しっかり抱いて
死んだ人の声だった

なつかしい人

散った花びらを握っている
乾いて褐色になり
よじれたガーベラの花びら
綿毛の下に
細い種が付いている

一日一日を問い尽くし
ほぐれた花びら
種との境に

ふわり冠毛を生やして
待っていた

鳥の柔毛に似た冠毛
ごく細い一本一本は堅い
指で押すと
扇の形に広がった
なつかしい人と会いたかった

ひと気がない真昼
広い道がまもなく下り坂になる
風を選んでもう少し先へ
ボートを積んだ車が左に寄り過ぎ
被害が増えています
電話の声に騙されないようにと

市の有線放送が降ってくる

どこになつかしい人がいるのか
会いたかったのは誰なのか
崖がある

ガーベラは濃い茶色だった
艶があり
光の加減で妖しい黒にも見えた

腕を下げたまま手のひらを緩く開く
よじれた花びらは足元を離れ
低い方へ

ふわり

冠毛
飛んでほしい

紫

自転車を折りたたんだ
硝子の水差しに水を満たした
人に伝えたいことを思いながら
何ということもない作業を重ねる
短い旋律が湧いてきた
丸く膨らんだ花

大きめの薊の花が色を失っていく
初めは冴えた紫だった
萼までが濃い紫だった

薊の花に水を注ぐ　注がない

ここでわたしが何をしないでも
あなたはすこやかに旅を終えるだろう

鮮やかな紫は目くらましだった
濃い紫が薄緑の茎の色に戻っていく
空が黄ばんだ灰色に変わった

薊を買ったのはあなたが住む町
その日ふと耳にした曲がつきまとう

地下街をもの憂く歩いていて
蛍光を帯びた紫に目を奪われた

太い雨がやってきた

重い速い雨の音があらゆるものを叩く
染料を吸い上げた花が窓際で乾く
長い棘だけがぴりぴり光る
激しい雨がこの空間を遮蔽する

冬の星

流星が見えない夜が明けると
父の命日だった
夜には昨年と同じように
近くの大学のホールへ
クリスマスコンサートを聞きに行った

高名なヴァイオリン奏者は
姿からして鮮烈だった
ドレスの色が真中で

縦に白と黒とに分かれていた
その人はすぐに聴衆をひとつにした
流浪する人々から想を得たという
ラヴェルのツィガーヌ
遠くにあった畏れ
耳で身体でそれに触れさせる
大きく弓を引き
最後の一音を終えたとたん
幼い男の子がわっと泣いた

演奏会が終わると
丘の上の空に
星がいくつか瞬いていた
あれは何等星くらい？
推し測る目安をもう思い出せない

それから幾日か過ぎ
同じ人の演奏をCDで聞いている
リヒャルト・シュトラウスのヴァイオリン・ソナタ
ひとつひとつの音がくっきりと立ち
ヴァイオリンの音色は
太く深く響きながら高みへふいと舞い上がる
このようには私は翔けられない

私は車輪梅《しゃりんばい》の枝を手にしていた
黒い小さい実を棚に飾ろうとしていた
部屋の明るさ
椅子の綻び
実の枝を飾る位置
心にあったことが飛び去り

手近な物の色や形が遠退いてしまう

窓に近寄って空を見上げた
空は星の光を隠して暗く凪いでいる
ピアノの音が
澄んで流れる水面を叩きながら渡ってきて
鳩尾の辺りから身体を揺さぶる
葉も実も乾いた車輪梅の枝を握ったまま
私はくっと頭を垂れた

比率

太くない幹があり
高くない所で
ふたつに分かれる
ふたつの枝が
より細い枝に分かれ
若い緑の葉を茂らせている
白い花房がさわさわ揺れている

その木の根元から幹へ

幹から枝へ
木が伸びる方向にそって
鉛筆を動かし
木を描いてみた

幹と枝
葉を付ける細い枝
それらの大きさの比率
分かれ方
予め比率があり
木はそのように枝葉を広げる
五月が来れば
白い細い総状の花を垂らす

木も人も

予め規定され
知らないで生きて
さわやかに
五月が来た

会う人もいなくて
高くない一本の木を描く
見映えのしない木と思いながら
何回も線を消し
影を付け足し

なお
わたくしという
痕跡

荒れ地のはずれに
灌木が一本ある

双子座流星群

東の方
それから南へと空を仰いだ
点々ときらめきがあり
翳りのあるレモン色
光は強くない

流星は
どの辺りに現れるのだろう
双子座が

どんな姿をしていたか
ともかく今にやって来る

北半球の
冬
主な星座の名前と形
あなた
大まかにでも話せますか

子供のころ
空が
頭上に迫るような夜にも
星座を見分けるのは
難しかった

山稜に縁取られ
丸い空いっぱいの星
谷間の夜
父が星を指差すたび
途方にくれた

夥しく光がある
その輝きのなかから
柄杓や熊の輪郭を掬い取る
星と星とを
存在しない線で結ぶ

私は八歳だったが
理科を学んでいるとは思えず
遠い昔の人々が

星に絡めた地上の物語に
ほとんど魅力を感じなかった

なぜか
双子とされた星のまわり
塵がたなびくなかを今
地球が
私たちが過っている

強い光が
一点から溢れ出るはず
放射状に現れるはず
後から後から
すぐ上に

水位

鉱山の跡で採ってきた石を
幼い子が放り投げた
庭石に当たってカーンと音がした
午後三時五十九分

川に近い小屋に繋がれた猟犬が
いっせいに声を上げた
獲物を追い立てる声ではない
餌をねだる声でもない

ふっと洩らしたため息に
細い声が乗ってうねる
辺りの犬という犬がそれに合わせ
高く尾を引いて人のように鳴く

子供たちははっと顔を見合わせ
鉱石をつつくのをやめた
二人の足元で
鉱石は乾いた墨汁のように照っている

犬が河原に飛び出してきた
水際までワイヤーが一本張られている
犬は五匹
鎖の長さだけ互いに離れ

吠えながら
ワイヤーの左右を疾走する
鎖の先を留めた金属の輪が
シャシャーと滑る

犬の鼓動
根の悲しみが
禍々しい金属音となって
冬の山峡に響く

川の水は日を追って減り
向こう岸の岩壁《いわかべ》に
まだ濡れて
昨日の水位が印されている

白桃

水蜜桃
そう呼んでいた
桃を入れた竹の籠が
縁台の傍に置かれていた
好きな時に食べなさい
祖母は言ったが
繊毛のある白い肌
手に余る大きさ
柔らかさ

大人の誰かが
どうにかしてくれないことには

澄んだ水が
岩壁の裾をゆっくりと過ぎる
桃は甘く匂ったが
私はほかのことを思っていた
狭い流れの向こう
岩山が水の中から聳え立ち
頂上に松の木
はっきりと見えるその木の下に
母が子供のころに見たように
鹿が現れないかと

鹿は高く一度だけ鳴いた

カンヨー
遥か下の水面に身を投げた
鹿は気絶したかのようだった
いっとき浮いて流され
それを見た人たちが舟を出した

その後《あと》のことを母は決して話さない
私もことの終わりを思わない
川の水は澄みわたり
泳いで戻ると
甘い水蜜桃
きれいに上手に食べなさい

一日にひとつ
果肉の白いところ

うっすらと桃色の部分
ほとんど水のように消え
細かい繊維がわずかに残る
どこかはばかるところがあって
黙りがちになる

藍色の薩摩硝子の鉢に
白桃を盛った
そうして一日眺めている
陽ざしに合わせて
白桃は匂い
母の悲しいひと声
鹿が断崖を跳ぶ

蔓の午後

豌豆の花が咲いただろうか

五月になれば
きっと思い浮かぶ小さな花
赤紫の花びらが
開ききるのを拒むように向き合い
円形の葉は花より少し大きくすっかり開き
蔓の先は糸の細さでふるふる伸びる

何にでも取りつき螺旋状に伸び

あなたの午睡の枕辺まで
蔓のひげのぜんまい
楊梅《やまもも》のまだ小さい緑の実や
木の笛の緩い音色を絡め取ってくる

やみくもに先へ先へと蔓は伸び
莢の中のうす緑の丸いまどろみに憧れ
畝から畝へ
畑から古い道へ
空中で巻き合って溢れ出る

不揃いな野の石を敷いた道は遥か空へと続いて……

（子供のころ私は確かに聞いた
柴を背負って古道を下りてきた人が
この柴は「あのそら」から刈ってきたと言うのを）

空の汀

広場がほんのり桜色を帯びている
敷材が新しくなっていた
表面に白い粉が浮いている
この広場で海を感じたという人のことが
心に浮かんできた
ここから海へは遠い
おそらく
その人の胸にたゆたう海へも

テラコッタに似た質感
奥の方に金雀枝が枝を垂れている
濃い緑の葉の下に
海へ下りる道が隠されているかもしれない

工事の後片づけをしている人たちが言う
これはね
年寄りも子供も歩きやすいのだから
私は帽子のつばを深く下げ
微笑みを浮かべて広場に入った

足裏に柔らかい弾力が伝わる
浜辺を行くつもりでゆっくり歩いた
階段を降りるとルピナスが咲いていた
赤い花が色を薄めながら円錐状に咲き昇り

穂先が黄色に萌え出て脆いところを突く
ルピナスの花はすっと私の胸に移動した

水が静かに寄せてきて爪先に触れる
褐色や青灰色の細かい砂利
砂利に混じる貝が見えるようだが
行ったことのある岸辺ではない
どことも言えない
ただ汀というところ

水が泡立ち皺を寄せ退いていく
小さな音が心地よい
澄んだ水の中で砂が揺れ上がる
水が動いているのに
海水の匂いがしない

顔を上げると
うかがい知れない遥かな水底
白い光の波に私は乗った
尖ったルピナスの花を抱え
凪いだ水色の空
雲の岸へ

失くしたもの

失くしたものを数えていて
ワインをこぼした
うっかりと
夏帽子
モンブランの万年筆
狐の毛の短い襟巻き
品物よりも
失くしたそれらに纏わること

踵の高いサンダルで岩を伝った
心から笑い
今この時に熱中する
元からなかったものを
取り戻せるかのように錯覚した
なぜだったろう
六月の海にいたあなた
万年筆を失くし
探そうともしなかった
初めて自分で買ったものだった

あのひともあなたもいなくなって
たくさんの空間を私は過ぎた
多くを望んだわけではなかった
知らない町でバスを降り

襟巻きが後ろに滑り落ちたのに気づかない
優しい人たちはどこかへ去った
次から次へ失くしながら日を送る

大きな鉢に苗が一株
この夏
終わった花を抜いた後に
ふいに伸びてきた
蕾ができてみると
二年前に植えてすぐに枯れた花だった
ベルの形の花の姿は覚えている
花の名を思い出せない
呼び名を失くして
小さな花が咲くのを待っている

低く飛ぶ蝶

狭い側溝の中で
菫色がちらちらした

小さな蝶

小刻みに飛行をくり返し
翅を閉じると
斑点のある灰褐色

側溝の上の生垣に白いアベリアが咲き
明日も低く飛ぶだろう

しじみ蝶

黄昏の目で辺りを見ていますと
恋のつもりで手紙を書いた

昔々の早い秋

恋は本当には始まらなかったから
終わることもなかった

水に浮かぶ梨

勾配がきつい坂を下って
クレーンの他に客船が見えたのだったか

すばやい雲

黄昏の夏の日々もすぐにたそがれる
夏の名残りの呪文のように

木管の音

薄い小さいアベリアの花は俯いて長く匂い
どんな目をして辺りを見ればいいのか

二色《ふたいろ》のしじみ蝶

終わりの夏

従妹はバッハばかり弾いていた
少し速いんじゃない
指が心持ちゆっくり鍵盤から離される
私は花瓶を持ち上げる
シチリアのことはよく知らなかったが
波の中に島の形が浮かんで消えた
断崖の上に緑の土地があり
大きな魚が波間を飛ぶ
潮風に晒される人の動きは敏捷だろうに

シチリアーノ

指を伸ばしぎみに怠惰に弾くこともできる
五裂掌状の葉の陰に無花果が色づき
萎れた花ごと花瓶の水ごと
終わりの夏をその根元にあける
揚羽蝶が尖った飛び方をした
母は黙ってかやくご飯を混ぜ
父は車を置いてどこへ行ったのか
野茨や柳の影を深い緑の淵に沈ませて
太陽が山の向こうに隠れる
石の河原にしばらく光が残る
もっと別な一日があるだろうか
望みというものも
そのぼんやりした明るみに似ていた

樫の火

空から
うわの空へ
肉塊や果実を投げて
ようやく七曜を繋げてきた

庭にある炉に古い樫の薪を入れる
二十年余り納屋に積まれていて
樫の薪には虫がつかない
ひび割れているが

灰色の樹皮は剝がれていない

堅い樫は火力がある
火持ちが良い
長く燃える火で
落ち鮎を焼く
遠くから来た七面鳥を燻す

風に揺れる茅草のように
冬の水辺にそのようにと思いなし
失うものなど何もないとうそぶいた
まやかしだったと
その嘘も燃やす

樫の木はかつて炭に焼かれた

樽や四角い櫃になった
桶職人の佐倉さんが泊まり込んで
桶や柄杓の柄を作ってくれた
佐倉さんはそのあと郵便配達人に転職し
毎日のように笑顔で庭に入ってきた

離れの土間には猟犬のパルがいた
ビーグル犬と柴犬の混血だった
母がパルの食材を計るのを見て
私は心底驚いた
決まった食事をしなくても
犬ならば生きていけると思っていた
パルにご飯が要るのと訊いて
母にひどく叱られた

日の当たる水辺に
茅草のようにと念じながら
その茎に合わない洞《うろ》を抱えた
十歳の冬のころ既にあった
虚《うろ》

熱い炉の中
幹を縦に八つに割った樫が反る
ひらりひらりと炎がゆらぎ
灰を散らさずきれいに燃える

夏には
母が熱中症で入院した
佐倉さんが見舞いに来て
枕元で腰をかがめて話をした

佐倉さんも老いていた
いくら勧めても
とうとう椅子に座らなかった

母は間もなく回復したが
佐倉さんが亡くなった
腹痛を訴え救急車で運ばれる時
掛かりつけの病院を望んだのが不運だった
総合病院へ行っていれば……

熱い炉に寄ってきて
隣人たちが交わす繰り言
憶測や
悔やみきれない悔恨を
樫の火で燃やす

空から
うわの空へ
燻される肉の匂い
樫の火の煙
枇杷の花

戸を開けて
犬を放してやろう
パルは石塁を駆け上がる
裏山に樫の木はもうない
パルはすっかりビーグルに戻って
杉の森の暗がりに紛れてしまう

スープ

娘がスープを作ります　それは丁寧に本格的に作るのです　レンガの壁を背にして　おごそかな口調で翠さんが言った　大きな鍋には既に何かがたぎっている　翠さんの娘はその中に刻んだベーコンを入れた　厚みのあるベーコン　さいの目に切られたベーコンに　さっそく絡みつくものがある　溶けたチーズのように見える　左手で髪を後ろに払いながら翠さんの娘は右手に持った木のヘラで鍋の中をさっと掻きまわした　鍋の中身は　まるでチーズフォンデュではないか　カウンター越しに　やや離れた所

から　私は疑わしげな目でその様子を眺めた

カウンターにはチューリップが生けてある　花びらはオレンジ色　端をクリーム色が縁取っている　花びらの縁は細かく裂けており　鋸状に尖っている　チューリップとしては異型の姿をしている　花びらは開ききり　今にも散りそうに緩んでいる　散り落ちれば　ぎざぎざの花びらの縁はすぐに縮むだろう

翠さんが私に訊いた　日頃どんなスープを作りますか　馬鈴薯で南瓜で玉蜀黍でポタージュスープ　野菜のコンソメ　馬鈴薯のビシソワーズ　白菜で若布で茸で中華スープ　卵のスープ　私はそう数え上げていく　床から数センチ　私の両足は浮いているようなのだ　浮いてはいるが　スープのレシピを思い

浮かべると　日常をなんなくこなしていると思えてきて　恬とした気分が漲ってくる

チューリップの花びらが一枚　ぱらっと落ちた　縁を内側に縮ませて　オレンジ色の花びらの窪み　人の耳の形に似てくる　空調機から来る微風に震えながら　人の声や物音を感じ取っている　窪みにはかすかな香りが留まり　見えない塵が舞い降りている

海辺に住む大伯母のことを思い出した　尖った声と厳しい話し方　美しい昔の顔が浮かんでくる　百歳になった大伯母はゼリー状の食物を摂っていると聞いた　高慢だが私には優しかった人に　今こそスープをと思う　大伯母はどんなスープが好きだったのか　百歳の人の　衰弱した人の　命を繋ぐこともで

きるスープ　喉越しの優しいスープ

いつの間にか翠さんの娘がいなくなった　カウンターの向こう　鍋の中のスープの正体はわからないまま　自動スープ釜というのがあるようです　外見は湯を沸かす電気ポットに似ています　野菜を刻んで入れるだけ　スープキューブを加えるだけ　それを買おうかと思うのです　虫に喰われたような穴がある赤茶色の古いレンガの壁を背にして　いつしか独り言のように　うっとりと私は話している

家

両親はドーナツ型の家に住んでいる　数日経ってようやく気づいた　向い合わせに窓があり　あまりにも明るい室内　両方の窓際にベンチが作り付けられている　私は何気なくテニスボールをベンチに置いた　ボールは転がって　両側の壁に当たりながら転がり続け　見えなくなり　やがて壁のカーブに沿って元の所に戻ってきた　窓際のベンチではなく　畳の上で私は時々よろめく　柱や建具に頭や肩をぶつけそうになる　大きな鉢が五つあり　常緑樹の果樹

や花木が植えられている　グレープフルーツの木に実は生らない　キウイの蔓に下がったたくさんの実の下で　母が糸車を回している　木綿糸　絹糸と紡いでは　何かを織ったり編んだりしている　糸車が急に回り出し　もう止まらない　そんな恐怖にかられ　糸車から目が離せない　母には何も起こらずふいと立ち上がって歩きまわり　他の作業をせっせとこなして休むことがない　糸車はそれ自身では回り続けない　代わりに母が動きまわる　そういう仕掛けになっている　母のための様々な作業部屋が円く連なっている　部屋がいくつあるのか　私には明かされない　両親はついにこんな家に越してきた窓の外を眺めると　一面に水である　川か湖か内海か判断がつかない　厚い床板に柵を巡らせただけの乗り物が水の上を動いてきた　父を迎えにきたらし

い　セーフティージャケットを着た若い男の人が二人乗っている　父が階段を降りていった　水面を滑るそのボート状のものに乗って　父が新しく通う先はどんな所か　どんな職に就いたのか　いぶかしく思うが　明かされない　乗り物が水を蹴立て　部屋が揺れる　身体も揺れる　ドーナツ型の家自体が揺れる水に浮いているのだった

球花

松の花　初めから微小な球形をした粒の集まり　粟の穂に似た黄色の穂　それが現われるのはいつだったか　裸木ばかりの冬の林に　高い松の木が傾いて一本だけ立っていた　丘の上を歩きながらその木を探して目が彷徨う　松毬　落ちていない　林ごとないのだから　粟の穂のような松の花　球花から球果へ　裸子植物の雌花　花穂が出るのはやはり春だったろうか　さようなら　ひそかに告げる別ればかりが重なり　さようなら　私はまだ冬の中にいる

金粉をまぶした小さな松毬　クリスマスリースに飾ったひとつ　それさえ捨てられなくて　棚の上　猿捕茨の赤い実のそばに置いてある　高い松の木が傾いて　行く手にひょいと現れるかもしれない　無くなった林に　いつだったか松の木が黄色い穂を出していて　野鳥が集まっていた　花喰い鳥　その名が口をついて出て　直前まで考えていたことを忘れてしまった　家の窓から松の木を遠目に眺めた　あの鳥は花を喰う鳥にちがいない　鳥の羽根が光を帯びて見えた

その時に思わなかったことを　今は先に考える　木には虫がいる　葉に幹に樹液に　それぞれ違う虫が寄る　油虫　貝殻虫　木蜂　髪切虫　蛾の幼虫　虫

のあるものは他の虫を食べる　蟻が虫を食べる　野鳥が寄ってくる　花の色に惑わされ　枝葉の緑に魅せられて　かもしれない　しれないが　葉や花をつつきながら　胃に入れるのはたぶん虫やその卵　または花の蜜　さようならばかりする　鳥と木や草や花　人と人　また春が巡ってきたらしい　松毬がひとつ　猿捕茨　茨の蔓　蔓に残り乾いていく実　私はまだ二月の名残りの中にいる　くすんだ匂いを纏っている

春の来方

何人目かの来訪者がくれたのはくすんだピンク色の缶だった　ピンクの缶には絵や文字がなくて　中にカードが入っていた　カードには花を咲かせた木が描かれていた　枝ごとに花の形が異なり　何の花ともつかない花が鈴なりに垂れている　それが店の紋章らしかった　西洋菓子と呼ばれるらしい菓子が仕切りのない四角い缶に詰まっていた　様々な形をして　それぞれに違う模様が焼き付けられていたがどれも同じような味　一様に固かった　それでも幾

日か　私は西洋菓子を齧り続けた　明治時代の味のままかも知れないなどと言いながら　わざと前歯で噛んで　しかめ面をしたりした　それほどに時間に倦んでいた　谷の向こう側　こちらと同じような住宅地の端にある低い丘を　沈んでいく夕陽がいっとき言い表し難い光で包んだ　正面に見える斜面の木木が芽吹き始めていた　ゴールド・オーカーやベージュが混じる優しい色をして　梢がふわっと空に浮かんでいた　あったような無かったような幸いを思い出させ　これから先の予兆のようにも見えた　そのおぼろな一群《ひとむら》にラメが振り撒かれた

それからまた何人目かの人が紙で出来た楕円形の箱をくれた　細かく仕切られてクッキーが行儀よく並んでいた　みな柔らかくてサクサクしていた　これ

が現代のクッキーよね　独りでそう呟きながら　また幾日か　サクサク　シュッシュ　色々な香りや味がする菓子を食べ続けた　灰色を凌いで紺系の色が層状に伸び上がる夕暮れの空に　雲が微妙に色を変えながら南の方から動いてきた　むかし母にあげたグレーのスエードの手袋のことを思い出した　母はそれを瓶から漏れたパイナップルの果汁で台無しにしてしまったのだ　おばあちゃんが瓶詰を持たせたから……　手袋をその後どうしたのか　母はいっさい話さなかった　妙だったとまた思った

菫色の空に　滑らかなクリーム状の白い雲が溶けかかり　淡い薔薇色に染まりながら広がった　薄くなって　それでもなんとか繋がっていた　空を夜に返す直前　陽の光は丘の上の塔屋があるマンションを

西欧の城のようにも見せた　樹の下の暗がりで水音がした　かすかに人の言葉が混じっていて　この空は遠い地の廃墟や仮の幕屋の上にも繫がっていると囁くらしかった　丘が次第に低くなり緩やかに消える東南の方向　空がより広く見え　白から墨色　黄から赤　青から紫紺へ　色彩が入り乱れ　明るく暗くすさまじく変転する　くり返しくり返しこの世の終わりが暗示される　暗い空の水位を私は目で越えた　それから心で　身体で　明るい光は　嵩を増してくる暗い波に覆われ　波の縁で鋭く輝いたあと波の裏側に退いていった　妖しく変幻する空に身体を掬われ　光の裏打ちを失くした雲の端の方　漂う私は小さな魚の形をしたチョコレートを手にしていた　何人目の人がくれたものか　もう定かではなかった

祝福の木

男に抱かれた黒い犬の目が私を射る　目が妙に光り金色の環が生まれる　雑誌に載っている写真の中の動かないはずの犬の目が光を放つ　犬は男の腕をすり抜ける　ベランダの木の階段を降りてくる　顔を上げ　光の矢を放ちながら下りてくる

お皿は割れないわ　プラスチックだから　誰かがそう言っている　レモングラスの匂いがする　ミルテの花の匂いかも知れない　娘はいないけれど　花嫁

の髪を飾る緑の葉の祝福の木　ミルテの木の苗を春に植えた　木は白い花をたくさん咲かせ　柔らかく撓う枝を気ままに広げた

地下室のジャズピアノも大人数のバーベキューも僕らの好むものではなかったと　写真の中の男が話しかけてくる　昔の隣人の声をしている　黒い犬が木の階段を降りきった　写真の男が座っている籐の椅子　その様式が私を過去に連れていった　昔の隣家の屋根を越え　隣人ではなく　栗色の髪　灰色がかった目　ケネス　あなたを探しに海峡を渡る　庭のテーブルの端でこうして瓶の蓋を開けながら　温かい声を思い出している

私に娘がいたとして　娘の髪の色はいずれ日本の黒

だったろう　だとしても　あなたに会うことがあれば　娘は話しかけるかもしれない　あなたでしょうか　古い田舎の博物館で母の隣にいた人は　ローマ時代の小さなガラス瓶に見入った母に　それらが埋まっていた土のことを熱心に語ったのでしたね　ガラス瓶の曇りをいとおしんで　なかなかその場を離れなかった　帰りの列車に乗り遅れたのでしたか

海峡がありトンネルがある　特急は間もなく対岸に着くけれど　ケネス　あなたの今の髪の色を私は知らない　四十歳の　五十歳の　あなたの夏はどのようでしたか　くすんだ古代の青いガラス瓶　そしてあの透けるような紙の辞書　同じ辞書を少年の時にあなたも持っていた　私の辞書はやがて革の表紙がぽろぽろ崩れ　私はひとりだと知ったのでした　夏

でした　娘のころにその辞書を手にできたことは幸
せだったとようやくわかりました　夏でした

黒い犬が庭のテーブルの足にぶつかってきた　光る
目で私を威嚇し　追想を裂く　テーブルクロスの裾
を噛む　割れてもいいわ　私は犬をよけながらテー
ブルに厚手のグラスを並べる　他の人は犬をまるで
気にしない　雑誌のページが風で捲れた　写真の男
が再び隣人の掠れ声を立てる　椎の木の葉音のよう
にそれを背後に送って　私はひそかに湧いてくるあ
なたの声に聞き入っている　黒い犬は　庭を嗅ぎま
わり　思い出したように私を睨む

振り子

ステンレスの格子戸が降りてきて　ベルが鳴り終わった　居合わせた人たちは動きようがない

廊下の片側に扉が並んでいる　扉はみな閉ざされている　フロアから内階段を降りた　踊り場をひとつ経ると　またフロアがあった　階段で繋がったフロアふたつ　そこだけが私たちの場所だった

フロアには濃い緑に塗られた木のベンチがあった

何人かがそのベンチに座った　ベンチが左右に揺れ出した　ベンチはいくらか宙に浮き　振り子のように左右に揺れた　私は床に座ってそれを見ていた
踊り場の木の手すりが鈍く光っている　黒く澱んだ照りぐあいが　今は塞がれた空間にこれまで積もった時間の長さを語っていた

私の前に人が立った　その人が言った　あなたもあのベンチに移りましょう　ただ見ていて時を知るのではなく　大きなものの中へ　時そのものの中へそこに入り込んで　自らそれを測るものにならねばなりません

また別の人が前に立ち　私に訊いた　あなたはこれまでどちらの方でしたか　私は応えた　あちらでし

た　町のあちら　ハイウェーのあちら　湖のあちら
におりました

その人は私を遮って言った　そんなことを訊いてい
るのではありません　これまであなたは女性でした
か　男性でしたか　頬に触れる空気がじわりと変わ
った　刈られて間がない草が発する青臭い匂いがし
た　私は周囲を見まわした　近くにいるのは女性と
見える人ばかりだった

私は顔を上げて言った　まったくもって私は女性に
見えるでしょう　ですが　しいて言えば中性でした
と申し上げたい　中性があってよいと思います　こ
こではことに雌雄の別は無意味に思えます　女の人
たちは目を見交わし　声を立てずに笑っていた　何

事かが進行していた

壁の高い所に六方星を模った金属の枠が飾られていた　床には大きな壺があり　松の枝や柊が生けられていた　何かの枯れ枝に掛けてある宿り木の緑がさえざえとしていた　それらの植物はむかし住んだ地方の初冬を思い出させた　柊の葉と実はすっかり乾いている　炉にはぜる火の音や月の影があってもよいのに　ここにあるのは　空調機が立てる低い音と白々とした照明の光だけである

星型の金属がある位置は部屋の中央を表すらしかった　その下に人が順に立ち　様々な演説をした　壁に外国語を走り書きする人がいたし　図表を掲げて説明する人がいた　組織を作り　世界にアピールす

るという　カケスのようにふいに声音を変える人が
歩み寄ってきて言った　中性のつもりであれ何であ
れ　あなたは既に取り込まれたのです

また一人　私の前に人が来て言った　外界では私が
あなたの名であなたを演じます　私はもぞもぞと身
体を動かし呟いた　あなたとは似ていないと思いま
すが　その人は応えた　いえ外界と言いましても
もはやあちらのあちらではないのです　今のあなた
を知る人はいません　それに外見が似ていないと言
いましても　どうでしょう　私たちは実に同じよう
ではありませんか

私は憤慨を隠してその小柄な丸顔の人に言った　ど
こかでお会いしたような気がします　その人は頷い

た　そうでしょうとも　むかしむかし同じ宿舎におりました　あなたには親切にしたはずです　あなたはしばしば私たちの代表になりましたが　心やすい友人は何人いましたか　他人にそっと距離を置かれがちなあなたに　私は声をかけるよう努めていたのです　ですからここではあなたになります

では私は何をすれば　と私は訊いた　特徴の摑みにくいその人は言った　あなたはただここに潜んでいる　ここに籠っている　ベンチに座り　振り子になって時をしるす　何かを考案する　それは許されますが　自分で行動してはなりません　あなたが表に立つとうまくいかないのです　あなた以外の人たちになぜか争いが起こるのです　あなたに代わって私が外に出ていき　人と話をし署名しお金を動かしま

す　どこかにあなた本人がいて　企ての連帯責任者
であると仄めかしてはおきますけれど

あなたは中性だそうですが　ここではそれも無意味
です　私はあなたとして　風の吹く日にはポルナレ
フを聞き　涙をこぼすことでしょう　あなたに　あ
の人と呼びうる人がいるとすれば　その人のことも
思い起こします　ほんの数ブロックを共に歩いたの
でしたか　十七歳のころ　ささやかな思い出には花
をひと束捧げたくなります　あなたが行かない故郷
の海へは私が出かけましょう　このくすんだ私が
あの頃のあなたへの賛辞を聞くことができるのはこ
の上ない喜びです

平板な顔つきをしたその人は　私の手帖を持ってい

て　携帯電話をいじりながら　語りかけるのをなかなか止めない　私にも携帯電話があった　あれがあれば　ようやく私は発信を思いついた　だが私の携帯電話は　既にその女の人の手にあるのだった

あとがき

十三、四歳の頃、ジャン・コクトーや西脇順三郎の詩に衝撃を受けた。魅惑的な知らない世界が目の前に現れた。それらの空間は、広やかで美しかった。詩では、言語を通常の文法から逸脱させて用いることがある。そうした表現が許されると知り、詩という形式に関心を持った。

詩を読むだけではなく、自分で書きたいと強く思うようになったのは、三十歳になるころだった。そのころは、何よりもまず自分を支えるために詩を書いた。空ばかり見上げて過ごしていた。

ある時ふと思った。懐かしい人、会いたい人が、距離を超え時間を超えて、空から降り立ってくれないものかと。その人たちが重なる雲を伝って降りてくるさまを幻視した。願望が呼び寄せた独自の発想かと思ったのだが、恋しい人が空から訪れるという想像は、日本の古代の歌に既にあるのだった。
　詩集を数冊まとめる年月の間に、度々このような経験をして、私は自分の想像力に落胆した。過去の何からも自由な新しい感性というのはありえないと悟った。それでも、良い詩、新しい詩を書きたいと願い続けるだろう。良い詩の姿形をしかと摑むことができないまま。

　この詩集の準備には思いのほか時間がかかった。日ごろ何かと助言を下さる方々の声を思い出しつつ作業を続けた。それらの方々、詩集制作に携わって下さった方々、皆様に感謝いたします。とりわけ思潮社編集部の藤井一乃さん、久保希梨子さんにお世話になりました。厚くお礼申し上げます。

二〇一六年三月

荻　悦子

初出一覧

球形の蕾（「蕾」改題）	「るなりあ」No.20	二〇〇八年四月
徴	「るなりあ」No.33	二〇一四年十月
往還	「something」18	二〇一三年十二月
影絵	「雨期」48号	二〇〇七年二月
なつかしい人	「るなりあ」No.35	二〇一五年十月
紫	「るなりあ」No.29	二〇一二年十月
冬の星（「冬の星空」改題）	「雨期」56号	二〇一一年二月
比率	「耀」No.4	一九九八年十一月
双子座流星群	「るなりあ」No.34	二〇一五年四月
水位（「遠吠え」改題）	「雨期」30号	一九九七年五月
白桃	「るなりあ」No.31	二〇一三年十月

蔓の午後	「るなりあ」No.17	二〇〇六年十月
空の汀	「るなりあ」No.31	二〇一三年十月
失くしたもの	「るなりあ」No.35	二〇一五年十月
低く飛ぶ蝶（「晩夏」改題）	「カプリチオ」34号	二〇一〇年十二月
終わりの夏（「無花果」改題）	「るなりあ」No.33	二〇一四年十月
樫の火	「現代詩手帖」七月号	二〇一三年七月
スープ	「るなりあ」No.13	二〇〇四年十月
家	「るなりあ」No.9	二〇〇二年十月
球花（「松の木」改題）	「るなりあ」No.14	二〇〇五年四月
春の来方	「るなりあ」No.2	一九九九年六月
祝福の木	「something」18	二〇一三年十二月
振り子	「現代詩図鑑」二〇一〇年秋号	二〇一〇年十一月

荻 悦子（おぎ えつこ）

『時の娘』（七月堂　一九八三年）
『前夜祭』（林道舎　一九八六年）
『迷彩』（花神社　一九九〇年）
『流体』（思潮社　一九九七年）
『影と水音』（思潮社　二〇一二年）

一九四八年、和歌山県生まれ
東京女子大学文理学部史学科卒業
お茶の水女子大学大学院人文科学研究科修士課程修了

樫《かし》の火《ひ》

著者
荻《おぎ》悦子《えつこ》
発行者
小田久郎
発行所
株式会社思潮社
〒一六二―〇八四二　東京都新宿区市谷砂土原町三―十五
電話〇三（三二六七）八一五三（営業）・八一四一（編集）
ＦＡＸ〇三（三二六七）八一四二
印刷・製本所
三報社印刷株式会社
発行日
二〇一六年七月三十一日